깨어있는 날들

신창홍 시집

시음사
시사랑음악사랑

자아존중감을 기본으로 시를 쓰는 신창홍 시인

자신의 자아를 알아야 자존감이 생기고 자신을 드러낼 수 있는 자존감은 명작을 만들고 또 독자에게 자신의 작품을 설명하고 알리기 위해서는 '자존감'을 가져야 한다. 내면의 자아를 찾아 달리는 무의식심리를 추구하는 현실주의와 존재론적 입장에서 사물에 내재되어 있는 본질적 의미를 추구하는 신창홍 시인이다. 눈으로 보고 귀로 들은 현실적인 문제를 詩로 표현한다는 것은 쉽지만은 않은 일이다. 詩는 서정성의 확보를 그 생명으로 하고 있기에 현실적인 것을 피력한다는 자체가 부담스럽다. 그럼에도 불구하고 신창홍 시인은 현실에 대한 관심과 뛰어난 관찰력으로 논리적이면서도 서정적인 문체로 현대인에게 메시지를 전하고 있다.

한 권의 시집에는 그 사람의 인생이 담겨있다고 한다. 독자들은 "깨어있는 날들"이 한 권의 시집을 읽고 나서 신창홍 인생을 훔쳐보는 것뿐만 아니라, 삶을 살아가는 데 있어 먼저 살아온 선배의 조언까지 함께 접할 수 있는 것이다. 물론 개인적인 차이는 있겠지만, 서정적인 허구에서 벗어난 초현실적인 접근법과 서정성을 가진 예술적 감각을 동시에 느낄 수 있다. 늘 문우와의 교류 또한 활발한 시인이다. 시인을 따르고 동료 문인들이 많은 것만 봐도 그가 얼마나 멋진 삶을 살면서 좋은 작품을 쓰는지를 알 수가 있다. 이런 신창홍 시인의 작품은 널리 오랜 시간 종소리처럼 은은히 퍼져 오래도록 독자의 기억에 남기를 바라며 시집 "깨어있는 날들"을 추천한다.

(사)창작문학예술인협의회 이사장 김락호

시인의 말

인생이 항상 계획한대로 살아지는 것은 아니기에
놓치지 말아야 할 결정적 계기와 시기는 늘 존재한다고 믿었다.
그러나 살아오면서 절묘한 타이밍의 쾌감들은
느껴보지 못했다는 점에서 시간은 늘 아쉬움의 연속이었고,
재기를 다짐했던 스스로의 약속조차도 칼날이 무디어 가듯
의지 또한 무디어 감을 느끼며 나이를 먹을수록 가장 큰 실망은
나 자신이라는 것을 솔직히 부정할 수는 없었다.
그런 의미에서 언제고 다시 할 수 있다는 믿음은 내겐 공염불이다.

조심스럽게 첫 시집을 내놓는다.
글쓰기에 관한 한 둔재(鈍才)형에 가깝기에 마감하는 순간까지
원고와 씨름했던 터라 조심스럽고 두려움이 앞선다.
세상에 기쁨이나 풍요로움으로 함께 할 순간들은 없었더라도
힘들고 어려울 때 함께 아파하고 작은 위로가 될 수만 있다면
늘 그곳을 서성이고 있었던 마음 한 자락에 남아있는 상처들과
꼭 집어 표현할 수 없었던 크고 작은 통증에서 벗어날 수 있으리라.
펜을 놓지 못하고 안타까워했던 그 많은 시간들 또한
인간이란 노력하는 한 방황한다는 괴테의 말을 생각하며,
다시 마음을 추슬러 본다.

2019, 8월
正眼 申昌弘

＊ 목차

QR 코드 스마트폰으로 QR 코드를 스캔하면 시낭송을 감상할 수 있습니다.

제목 : 들풀
시낭송 : 김지원

제목 : 잊혀진 고향
시낭송 : 이봉우

제목 : 가을의 길목에서
시낭송 : 박영애

제목 : 얼굴
시낭송 : 김금자

＊ 목차

1장
봄의 이름으로

이제 의미 있는 것들은 자극이 되고
믿음을 주는 것들은 희망이 되며
여린 생명들이 발산하는 입김들이
젖 내음처럼 달콤하게 유혹하는 계절

– 봄비는 생명처럼 –

2월의 속삭임

오래된 무덤가 옆
높이 뻗은 철탑 사이로
한풀 꺾인 겨울바람이
서둘러 지나가고

싫지 않은 바람의 냉기가
숲 속을 정화하는 듯
산마루의 오후를
길게 선회하고 있다

겨우내 얼어있던 산비탈
낙엽과 뒤엉킨 살얼음 조각들
촉촉이 녹아내리며
서서히 기지개를 켤 때

파란 하늘의 숨결이
조금씩 세상 속으로 스며들고
생명을 깨우는 부드러운 입김에
봄의 이야기가 시작된다

진정한 설렘이란
기다리는 순간의 아름다운 꿈
아직 여물지 않은 봄의 길목에서
아, 감미로운 2월의 속삭임

목련(木蓮)

꽃샘바람 스쳐가는
낮은 오솔길
4월 햇살 내려앉은 작은 숲 가에
눈부시게 피어난 순백의 목련
신앙처럼 솟아난 한 송이 한 송이
건조한 마음을 촉촉하게 적시네

겨우내 눈보라
숨죽인 듯 이겨내며
지키고 싶었던 약속이기에
야생의 투박함에 물들지 않은
순결한 그 자태에 취해
봄날의 길어진 오후가 다 간다.

오늘 멀리 있는 이에게
마음을 담은 편지 한 장에
저 목련의 자태를 담아
성스러운 모습을 전할 수 있다면
떨어져 있는 마음 흔들리지 않고
지친 마음엔 위로가 될 텐데

내 다시 태어나

누군가와 약속을 하고

또 누군가를 기다린다면

따스한 봄날

목련꽃 아래에서

기다리는 설렘을 느껴보리라

춘분(春分) 풍경

춘분(春分)에 얽힌
전해오는 이야기 반갑게
축복처럼 봄비 넉넉하게 내리더니
시샘하듯 바람 차갑다

어제만 해도
아토피 피부같이 건조한 들판
푸석했던 대지에 윤기가 나고
흙먼지 날리던 거친 도로에도
갈증이 가신 듯 생기가 돌고 있다

멀리 보이는 나지막한 야산의
높이 치솟은 송전탑과
하늘에 그물을 친 듯
양쪽으로 갈라진 전깃줄엔
아침 안개가 자욱하게 널려있다.

문밖에 다다른 봄의 체취들
도시를 벗어나 느껴보는
비 개인 아침의 평범한 풍경들은
꽃들이 아니어도 황홀하고
푸르름이 아니어도 신선하다

이제는 어디에 있어도
싱그럽게 느껴지는 풍경들
비와 바람과 햇빛과 작은 생명들
어느 하나 기쁨 아닌 것이 없다
꽃과 사랑이야 말할 나위 있으랴

봄비는 생명처럼

4월 어느 비 개인 오후
잘 빗질된 소녀의 젖은 머리카락처럼
풋풋하게 윤기가 흐르는 수리산 자락

다정한 연인처럼
산허리를 껴안은 안개가
건강한 수컷처럼 영역표시를 하고
뭇 시선을 막아 보지만
터질듯한 여심인 듯
향기 넘치는 저마다의 꽃들
온 산을 울긋불긋 곱게 물들이고

미처 털어내지 못한 각질처럼
지난 계절의 심술은
한풀 꺾인 바람으로 버티어 보지만
저 영롱한 초록의 샘솟음에
산마루로 쫓겨 달아나고
잘린 고목의 그루터기에서도
생명들은 꿈틀거리고 있다

자연이 잉태하는 잿빛 생명들은
말 달리듯 연두 빛깔로 갈아타고
새들의 날갯짓에도 정기는 넘쳐난다
이제 의미 있는 것들은 자극이 되고
믿음을 주는 것들은 희망이 되며
여린 생명들이 발산하는 입김들이
젖 내음처럼 달콤하게 유혹하는 계절

4월 어느 비 개인 오후
청명함보다 빛나는 촉촉한 신선함이
수리산에 생명을 불어넣고 있다

봄의 이름으로

때 이른 초록들이
조금씩 넓어지는 개울가 옆
잿빛으로 덮인 작은 숲 속에서
푸르른 생명들이 태동하고 있다
봄이다

얼굴을 스치는 꽃샘바람
그 바람 속에 묻어나는
싱그러운 감촉과
햇빛 좋은 나른한 산야
봄이다

멀리 보이는 하늘은
목욕탕을 나오는 어린 소녀의
촉촉한 머리카락처럼 풋풋하고
발그레한 볼처럼 윤기가 있다
봄이다

겨우내 움츠렸던 둑길에 개나리
여린 꽃망울로 봄을 준비하고
아낙네의 손길 위에 물오른 가지와
축복처럼 따사로운 건강한 햇살
봄이다

남녘의 꽃 소식에
거울 보는 시간이 길어진 누이
여심이 묻어나는 산뜻한 옷맵시에
꽃샘추위 개의치 않는 들뜬 모습
봄이다

어디에 서 있어도 상큼한 기운들
햇살의 온기는 조금씩 길어지고
거부할 수 없는 생명의 아우성들
마음도 청춘인 듯 푸르르다
봄이다

봄날1

길었던 시름들이
물러 간 자리
꽃들이 활짝 피었다

꽃을 보는 사람들
꽃 같은 마음이
샘솟는 봄날이다

기다림2

아직 잔설이 남아있는
북쪽 바위 밑을 지나
약수터로 향하는 길옆
누군가의 손길이 끊긴
오래된 양지쪽 작은 텃밭

성급하게 피어난
때 이른 작은 풀포기
움츠린 여린 몸 위로
입춘을 갓 지난
건조한 햇빛이 따사롭다

서서히 퇴색되는
겨울 찬바람도 지친 듯
산마루에서 잠시 맴돌고
여기저기 활기찬 새소리
요란한 봄의 생기가 느껴진다

굳어진 감각들이 돌아오고
냉기 가신 하늘빛은 싱그럽다
나뭇가지의 작은 기지개
꽃망울 매만지는 여인의 손끝에서
봄이 묻어나고 있다

빗속의 단상(斷想)

빗줄기 오가는 가라앉은 오후
우울한 5월의 하늘빛은
가는 봄이 아쉬운 여인의 눈빛처럼
차분한 빗줄기로 이야기한다

기차역 철조망 따라 만발한 장미는
더욱 진하게 자태를 뽐내고
한 무리 교복이 잘 어울리는
소녀들의 웃음소리는 끝이 없지만

조용한 빗소리에 스며드는
떨쳐버릴 수 없는 이야기들은
못자리 옮기는 경운기처럼
요란하게 가슴을 흔들어 놓는다

애틋한 편지 한 장 기다려지는 젖은 5월
옛이야기 속에 남겨진 여린 기억으로
남몰래 흘릴 수 있는 조금의 눈물과
홀로 음미할 외로움이 남겨진 오후

피할 수 없는 흐린 날들의 회상
나지막이 불러보는 이름과 기억들 속엔
내리는 빗줄기처럼 허전함이 쌓이고
스치는 바람처럼 마음속에 여울진다

봄날2

햇볕 따뜻한
기분 좋은 날은
이름 없는 풀포기에
눈길이 머물고

바람 상큼한
기분 좋은 날은
투박했던 풍경들이
수채화가 된다.

느낌 신선한
기분 좋은 날은
아가들의 웃음처럼
꽃들이 피어나고

마음 상쾌한
기분 좋은 날은
온몸으로 느껴지는
싱그러운 봄날

누이의 봄날

누이는 4월이 춥다고 했다
이른 새벽
아직 남아있는 어둠 사이에
미처 계절을 갈아타지 못한 차가운 바람이
심술부리듯 거리를 헤매고
비라도 짓궂게 내리는 날이면
마음을 감싸는 냉기까지 어쩌지 못하고
정리한 머플러까지 끄집어내곤 한다

누이는 4월이 싫다고 했다
하나 둘 꽃망울들 터지기 시작하면
지루한 계절의 모진 시련들을
이겨 냈다는 기쁨도 잠시
또 다시 시작되는 애상의 아픔들
꽃잎이 떨어지는 게 싫은 까닭이다
떨어져 비 맞은 꽃잎처럼
마음을 서글프게 하는 것은 없기 때문이다

추운 것이 꼭 날씨 탓이 아니라면

싫은 것이 꼭 낙화 탓이 아니라면

늦가을까지 피고 지는 것이 꽃이련만

나이 들수록 간절해지는 여심이란

언제까지나 봄 처녀로 살고 싶은 것인가

오래 기다려온 소중한 계절은

고귀한 만남처럼 짧게 느껴지고

누이의 4월은 또 다시 슬픔처럼 지나간다

4월 어느 날

개울가 수양버들
누굴 기다리기에
저토록 곱게 치장한 모습
연두 빛깔로 빛나고

둑길에 개나리
무슨 약속 있기에
저토록 선한 동심의 자태
노란 빛깔 풋풋하다

비 개인 4월 어느 날
먹구름 잔뜩 남아있는 오후
먼 산의 허리를 감싸는 안개와
젖은 하늘과 청초한 풍경들

모든 순간들을 함께 할 수 없다면
맑은 햇살은 볼 수 없어도
비에 젖은 촉촉한 대지에서
더욱 친근하게 생동하는 봄

4월의 봄날은 어디에 있어도
어느 서정 시인의
담백한 감수성으로 쓰여진
언어의 결처럼 보드랍다

4月을 지나며

동(東)에서 오는 밝은 햇살에
마음마저도 맑아질 줄 알았으면
간밤에 비 뿌린 작은 화단에
따스한 봄 햇살 간절한
작은 꽃나무 한 그루
심어 놓을 걸 그랬다

남(南)에서 오는 산들바람에
가슴까지도 상큼할 줄 알았으면
새들이 지저귀는 미루나무 둥지 아래
바람도 쉬어갈 수 있도록
작은 벤치 하나
준비해 놓을 걸 그랬다

맑은 햇살 퍼지는 파란 하늘과
산들바람에 나부끼는 잎새들의 작은 노래
애무하듯 스치는 자연의 입김은
모든 것들을 생명으로 숨쉬게 하고
버드나무 아래 꿈꾸는 4월
신비한 초록의 선한 빛에 물들다

5월

긴 하루, 나른한 태양이
생각 없이 지나쳐 버린
그늘진 들녘에도
느릿한 졸음처럼
눈꺼풀 무거운 꽃가루가
나지막이 5월속에 한가롭고

햇빛이 가리워진
산자락 음지쪽
인적 없는 무덤가 옆에도
계절을 담은 바람의 향기로
피어나는 작은 꽃들의 재잘거림
5월이어서 더욱 풋풋하다

언제나 5월은
따스한 햇빛으로 빚어지고
싱그러운 바람으로 조각되어
담백한 신비가 온 누리에 퍼지면
생명이 있는 모든 것들은
노래가 되고 환희가 된다.

아, 순결한 초록의 정령들이
살아 숨쉬는 모든 것들에 입맞춤하여
큐피트의 화살이 없어도
사랑이 넘치는 계절
5월,
5월

5월의 아침

5월의 아침은
남극 빙하의 투명한 결정체들이
작은 숲 속에 내려앉은 듯
햇살은 풀잎 위에서
사금파리처럼 눈부시다

오랜 시간 기다려 온
숲 속의 모든 일상들은
하늘 끝에서 바람으로 전하는
푸른 눈부심이 아니더라도
힘찬 열정들로 순수하게 빛난다

5월의 아침은
꿈꾸는 생명들이 모두 깨어나
저마다 싱그러움을 연출하는
숲 속의 경쾌한 축제의 시간
모두가 주연처럼 아름답다

5월 풍경

나른한 햇살에
졸음은 깊어지는데
먼 산 초록빛은
보석처럼 신비롭고

시간이 멎은 듯
고요한 들녘엔
스치는 바람만이
흐름을 말해주네

산마루에 내려앉은
침묵의 수행들은
산새들의 날갯짓에
하늘로 올라가고

그림자 길어지며
해는 기우는데
밭 매는 농부는
쉬어갈 줄 모르네

숲 속의 5월

순결한 초록빛 잎새들
상쾌한 산들바람에
하늘하늘 기지개를 켜고
돌아온 작은 생명들
분주한 듯 한가하게
꿈꾸는 5월

이리저리 흔들리는
잎새의 촘촘한 틈새를
겨우 비집고 내려온 햇살
바람결에 너울너울 춤추면
숲 속은 그 작은 축제에
신선한 열기로 가득하다

바람을 타고 온 향기들과
햇빛에 실려 온 싱그러움이
온 숲 속에 뜨겁게 메아리치고
길어진 오후의 햇살에
숲 속의 힘찬 정기들이
모든 생명에 사랑을 베푸는 계절

저마다의 숲 속엔

신비로움이 피어오르고

푸른 하늘을 향한 꿈들이

서두름 없이 퍼져가는 산야

닮고 싶은 모든 것이 내려앉은

5월의 숲 속은 생명처럼 빛난다

산들바람

산들바람은
초록의 바람
5월의 나뭇잎을 닮아
싱그럽기까지 하다

산들바람은
풋풋한 바람
5월의 하늘을 닮아
산뜻하기까지 하다

산들바람은
상쾌한 바람
잘 마른 수건을 닮아
뽀송뽀송 하기까지 하다

산들바람은
먼 들녘 풀 냄새도 실어 나르고
개울 건너 텃밭에 땀방울도 실어 나르고
산보하는 젊은 연인들 사랑도 실어 나르고

산들바람은

거울에 비친 자신의 5월을 보며

온 산야를 연둣빛으로 화장을 하고

맞선 보는 큰애기처럼

풀 향기

흙 향기

물 향기

하늘 향기로 풋풋한 맵시를 뽐낸다

5월 산책

저 산 아래
곱게 짜인 양탄자 같은 초록빛은
겨우내 북극 밤하늘을 찬란하게 수놓은
오로라 정령들의 휴식처럼
고요하고 포근하다

한가로운 숲 속의
나른한 적막
발그레한 새색시의 볼처럼
수줍게 번지는 철쭉은
흔들리는 여심처럼 바람에 나부끼고.

나지막한 산길
나무들 사이 오솔길을 걷다 보면
가지 가지 사이 열린 하늘과
윤기 나는 작은 풀잎들
작은 곤충들의 느린 발걸음

여유로운 5월은
몇 날의 향기로 돌고 돌다가
건조하게 부서진 꽃들의 이름으로
남겨진 잎새들의 조용한 반란
윤회를 준비하는 생명들의 계절

2장
홀로 머무는 시간들

우리에게 삶이란
흔들리는 풀포기처럼
타성에 흔들리는 작은 의미일 뿐
커다란 은총은 필요치 않다
다만, 다만,

– 작은 소나무 –

작은 소나무

나지막한 산비탈
약수터로 가는 길목

비탈길은 금이 간 듯
어깨만큼 좁은 완만한 오솔길
마주치면 겨우 비껴갈
두세 걸음 오르막 바위 옆에
올곧게 뻗지 못한 작은 소나무

꺾어진 가지엔
오랜 세월 손길에 다져진
매끄럽게 단련된 감촉에
누구나 잡고 튕기듯 오르는
지지대가 되어 자리를 지킨다

애초에 약속은 없었더라도
저 작은 소나무도 시작은
올곧게 뻗어나는 푸르름을 꿈꾸며
세상이 노래하는 기상처럼
독야청청을 꿈꾸었으리라

우리에게 삶이란
흔들리는 풀포기처럼
타성에 흔들리는 작은 의미일 뿐
커다란 은총은 필요치 않다
다만, 다만,

알아주는 이 없지만
평범한 배려에 만족하며
제자리를 지키는 작은 소나무처럼
한두 걸음 손 잡아 줄 작은 희망과
비교에 흔들리지 않을 분명한 신념뿐

새벽

고요가 머물다
깨어난 자리
산등성이 위로 엷게 하늘이 열리면
때묻지 않은 바람의 숨결이
은은하게 맑은 창공을 타고 내려와
스치는 모든 것들과 속살거리면
여기저기서 조심스러운 기지개를 켜며
초점 없는 눈부심처럼
새벽이 잉태되고 있다

잠든 도시의
보이지 않는 긴 어둠의 끝자락을
새벽의 별빛으로 천천히 감아올리면
나지막이 번지는 여명의 푸르름은
조용히 조용히 온 누리에 스미고
귀에 익은 두드림이 창가를 울리면
부푼 기대처럼 하나둘 불이 켜지고
그 불빛들 모아져
그렇게 아침이 된다

그리고 지금

아직은 치장하지 않은 잿빛 하늘과

유령 같은 먼 시선 속에 그림자들 틈으로

천천히 천천히 눈에 익어가는 풍경들과

부지런한 사람들의 바쁜 발걸음들이

거부할 수 없는 유혹처럼 거리로 쏟아진다

분명 어제와는 다른 태초의 아침

어제의 위로와 오늘의 기대 속에

모두에게 공정한 하루가 시작된다

들풀

메마른 들판에 피어난
들풀 한 다발
바람에 날리는 흙먼지 맞으며
운명처럼 낮은 자세로 흔들린다

생(生)을 선택할 수 있었다면
우거진 숲 속에 신록으로 빛날 것을
너도 거칠고 메마른 들판을
꿈꾸진 않았으리라

간절한 만큼 비는 아니 오고
따가운 햇빛 피할 그늘도 없어
무슨 생각으로 인내하고 있는지
안타까운 마음 그지없는데

낮게 날리는 수많은 꽃가루들
또 어느 하나 들판에 뿌리 내려
모진 생명으로 마음을 다칠까 봐
5월의 긴 하루를 애잔하게 보낸다

제목 : 들풀
시낭송 : 김지원
스마트폰으로 QR 코드를 스캔하면
시낭송을 감상할 수 있습니다.

38

삶

몇 번의 설렘이 있었고
제법 많았던 실망의 순간들

분발을 다짐하는 기회 몇 번과
때를 놓쳐버린 많은 아쉬움

마음 따스한 잠시의 소중한 시간들과
마음을 도려내는 듯한 아픔 몇 차례

눈살을 찌푸리게 하는 노여움들과
흐뭇하고 대견했던 짧은 시간들

몇 차례의 자신만만함과
어쩔 수 없는 절망감 몇 번

그렇게 많이 지나간 시간들과
아직도 알 수 없는 나의 삶

약속(約束)

신록의 계절
살랑대는 작은 나뭇잎 사이로 내려와
숲 속 오솔길에 생명처럼 너울대는
저 상큼한 눈부신 아침 햇살은
어느 누구의 순수한 약속입니까

깊은 밤
잠 못 이뤄 창문을 열면
아득한 곳에서도 위로하듯 반짝이는
푸른 밤하늘의 별 무리
저 정겨운 위로는 누구의 약속입니까

여름날
그 숨 막히는 한낮의 열기 속에서
지친 몸과 마음이 날아갈 듯
개운하게 적셔주는 소나기
그 청량한 선물은 누구의 약속입니까

살아간다는 것은
세상에서 가장 진실한 약속이기에
잠시의 실지(失志) 속에 방황한 것도
무디어지는 작은 신념들을 다독이며
살아갈 날의 약속을 지키기 위함입니다

새벽에 붙임

새벽녘
세찬 바람 울음소리에
잠 깨어 창문을 열면
삭풍은 동치미처럼 시리고

서쪽 하늘
다소곳한 상현달
섣달 냉기에 얼굴만 내밀어
나의 창가에 파고드네

맑고 짙푸른 하늘엔
무한한 우주의 화단에
은하를 꽃피운 듯 신비롭게
빛나는 별빛

새벽은 태초의 시작인 듯
얼음 빛 동화처럼 순결하고
거룩한 여명의 순간은
태풍의 눈처럼 고요하다

선달

짧아진 한낮의
미지근한 햇살은
움츠러든 거리를
외면하듯 걸음을 재촉하고

길모퉁이를 돌아
골목길로 들어서면
칼날 같은 바람은
얼굴을 할퀴듯 지나간다

땅거미 지는 도시는
유령의 행렬처럼
불빛이 도미노처럼 퍼질 때
유혹은 거리로 스며들고

선달의 거리에 서면
지나는 것들은 지나가고
남겨진 것들은 흔들린다
세월은 늘 바람이고 탄식이다

도시의 어둠

하루의 조각들이 하나둘
퍼즐처럼 제자리를 찾아가고
거리에 스미는 땅거미 행렬에
빌딩 꼭대기로 달아난 햇빛은
하늘을 물들이며 이내 사라진다

숨죽이며 서성이던 거리의 유혹들이
방치된 어둠 속에서 고개를 들면
이제 모든 것은 약속이나 한 듯이
허물 벗듯 타성의 삶으로 갈아타고
감추어진 욕망으로 곁눈질할 때

침묵은 차라리 사치가 되고
한낮의 소음보다 요란한 소란들이
온 도시의 거리를 점령하고
은밀한 거래가 시작된 어둠 속에서
무수한 가면들의 비틀거리는 흥정들

별빛이 사라진 도시의 하늘
태초의 어둠은 이런 것이 아니었다
하늘이 내려와 온 땅을 덮고
쏟아질 듯한 별빛에 바람도 숨죽인
그런 고요는 더 이상 없다

불꽃

거친 초원을 질주하는
야생의 살아있는 생명처럼
세상을 휘젓는
저 미친듯한 몸부림은
야수의 본능인 양 거칠 것 없고

예측을 불허하는 바람의 갈기처럼
포효하는 변화무쌍한 불 사위는
저 뻗어 나가고 싶은 신념에
끓어오르는 정열을 담아
끝없이 하늘을 두드린다

그렇게 거칠게 순간을 살고
스스로 사위어가는 거룩한 신화
불같이 살았다는 것이
바람에 날리는 한 줌의 재라면
지금, 너의 생은 어디로 가는가

세상엔 밝은 곳에서도
침체된 신음소리가 들리고
어느 모퉁이에선가 마주치는
벌거벗은 탄식들에게
선뜻 손 내밀 용기는 없었더라도

한 세상을 산다는 것은
하나의 의미로 남는다는 것
언젠가 벗어날 어둠 속에서
숨죽인 다짐들은 불씨가 되어
신화 같이 타오를 너를 생각한다

가장자리

오랫동안 잊고 살았던
가장자리의 낯선 풍경들은
내가 발걸음을 시작한 처음의 자리
시린 마음으로 주위를 둘러보지만
더 이상의 보호색은 없다

그 옛날 시작의 두려움과 설렘은
먼 시절의 전설처럼 까마득한데
어느새 하나의 인생을 살고
하나의 세월을 지나치며
다시 돌아온 자리

지나온 삶은
아토피 피부처럼 건조하고
가려움증투성이지만
잠시 빛났던 어설픈 실체조차도
더 이상 나의 것은 아니다

무엇인가 더 있을 줄 알았지만
동의 없이 맴도는 생각만의 허상
누군가 정해준 것은 흔적도 없고
마음속에 꿈틀대는 투지마저도
이미 생각만 간절한 앞선 의욕일 뿐

가장자리에서 해야 할 일은
중심에서 비껴나서 관망하고
빛나는 곳에서 한걸음 물러나
의연하게 돌아서서 쳐다보지 않으며
흔들리는 자신을 다독이는 일

살면서 느끼는 몇 가지 다행들

내겐 날개가 없어 좋았다
볼 수 있는 것은 그리 많지 않아도
눈앞에 보이는 것만으로도 충분한 것을
비로소 알았기에

내겐 발톱이 없어 좋았다
세상엔 내가 낚아챌 수 있는
가볍고 쉬운 것은 어디에도 없음을
비로소 알았기에

내겐 기발함이 없어 좋았다
이미 편리함은 포화상태가 되고
따라가지 못하는 문명의 피곤함을
비로소 알았기에

내겐 조급함이 없어 좋았다
시간은 나를 위해 흐르지 않고
희로애락은 나의 뜻대로 되지 않음을
비로소 알았기에

내겐 적당한 고민들이 있어 좋았다
산다는 것의 진정한 의미와
인생을 가다듬는 거름이 되었음을
비로소 알았기에

소유가 넘쳐서 생기는 불안도
빈약한 정신에서 오는 부끄러움도
성숙한 삶의 길은 아니라는 것을
비로소 알았기에

미소

그대를 배웅하고 돌아오는 길
소롯길 접어들어 집으로 걸어갈 때
뎅그러니 떠 있는 쪽빛 하늘 둥근 달
마주볼 때 번지는 그대의 모습을 닮아
살그래 멋쩍은 웃음을 지어 봅니다

그대의 은은한 미소는 한결같아서
목덜미를 스치는 시원한 바람처럼
마음속에 얼룩들이 지워지는 듯
해맑게 바라보는 그대의 미소에
나의 마음은 조금씩 정화되고 있습니다

한때는 나만을 위한 미소이길 바랬기에
뭇시선들이 거슬리기도 했지만
때때로 삶이 주는 힘겨움들이 있어도
그대가 옆에 있어 두렵지 않음에
마음고름을 열고 그대를 향합니다

잠자리에 누워 그대를 생각합니다
가뭇없는 어둠 속에 달콤한 떠올림
그대의 모습을 감싸고 도는
난등 같은 고요한 아름다움은
내일을 기다리는 은은한 설렘입니다

너는 화초가 아니다

새벽까지 오락가락하던 비는
아직 끝나지 않은 장마처럼
먹구름 가득 남아 있는 오후
바람도 축축하게 휘도는 개울가에서
그대, 무슨 생각을 하고 있는가

잿빛으로 뒤덮인 하늘 저 멀리
서서히 다가오는 파란 치유의 빛들
세상에 모든 흐름은
맑거나 흐림이 교차할 뿐
늘 하나의 모습으로 흐르진 않는다

살아가는 것도
흘러가는 것이어서
긍정이 늘 긍정이 아니고
부정이 늘 부정이 아니기에
미리 돌을 던질 필요는 없다

맑은 날도 흐린 날도
그대가 생각하는 현실은
선물 같은 인생이 아닐지라도
안타까워하지 마라
너는 더 이상 화초가 아니다

밤하늘

꺼져가는 불씨를 보면서
희망을 이야기할 수는 없기에
노을빛이 아무리 강렬할지라도
아름다움을 이야기하기보다는
한치 뒤 이별의 아쉬움을 이야기하고

땅거미 지고
잔인한 어둠이 서서히 메아리치면
차마 나서지 못했던 굶주린 용기들이
기다렸다는 듯 기지개를 펴고
거리의 뒷골목을 탐하고 있을 때

마치 각본에 충실한 배우처럼
어둠에 가려져 들킬 걱정 없는 곁눈질을 해가며
솜사탕같이 유혹하는 외면하기 힘든 쾌락들과
미처 알지 못했던 내 안에 터질 것 같은 욕망들이
흐느적거리며 거리를 배회하고 있을지라도.

오늘은 고개 들어 밤하늘을 보자
그늘이 없어 밝음보다 거룩한 청명함과
깔끔한 면도 자국보다 더 푸르른 별빛 사이로
정직한 노래들이 온 우주를 어루만지며
보상처럼 내일을 준비하고 있다는 소근거림에

내 절반의 아픔들과 또 절반의 욕심들을 잠재우고자
호수보다 깊고 고요한 창공에 헝클어진 마음을 풀어
크고 작은 상처들의 흔적을 지울 수만 있다면
내일은 이리저리 부딪혀도 아파하지 않고
또 내일은 걱정 없이 피고지고 피고지고

칼(刀)

명멸(明滅)했던 전설들을 되돌아보니
칼로 흥한 자
칼로 망한다는 말은
강호를 주유하던 시절의 이야기

그 예리함이 바람을 가르고
그 비장함에 하늘도 외면하는
그런 보검을 만들 수 있다면
펄펄 끓는 대장간도 마다하지 않겠다.

바람을 가르는 단발마의 비명처럼
일 획으로 모두의 가슴을 적실 수 있고
장길산의 거룩한 분노의 검법처럼
일 필로 모두에게 감동을 전할 수 있다면……

그래서 나는 나의 감정이 늘
칼의 예리함을 닮고 싶고
나의 이성은 언제까지나
칼의 냉정함을 닮고 싶다.

칼끝이 무디어지는 날
모든 감수성도 무디어질지니,
강호를 평정하던 시절은 지나갔어도
전설 같은 날카로움으로
나의 게으른 감정을 자극해 주기를
언제까지나 나의 보검으로 남아 주기를

석양(夕陽)

불타는 저녁노을은
강렬하게 느끼는 아름다움보다는
한치 뒤 이별의 아쉬움에 목말라하는
아직 끝나지 않은 애증의 노래

끓어오르는 분노처럼 이글거리던
태양의 광기는 차분하게 가라앉고
거친 하루의 얼룩진 상처들 속에
서쪽 하늘을 이고 돌아앉은 영혼들을
위로하는 붉고 따뜻한 기운들은
초인의 향기처럼
아름다운 절정에 불타고 있다

지금 이 순간
망설임 속에 흘려보낸 아쉬움들은
붙잡아 두지 못한 시간 속에서 울고
거친 여정을 끝내고 돌아선 하늘은
길고 긴 고독의 울타리에서 신음한다

머지않아 다가올 어둠의 세계는
더욱 잔인한 빛깔로 세상을 가둘지라도
조심스럽게 다가올 여명을 기다리며
오늘은 아름다운 노을에 빠지고 싶다

건널목에서

땅거미 짙게 깔린 거리에
뚜렷한 형상 없이 지나치는 것들은
놓쳐버린 시간의 아쉬움들과
놓아버린 작은 기대의 허상들

희미한 가로등 불빛에
길게 드리운 그림자에는
다림질하지 않은 셔츠를 입은 것처럼
초라한 모습은 감추어져 있지만

또 하루가 지나가는 길목에서
어쩔 수 없는 공허함이 닻을 내리고
갈 곳 몰라 서성이는 허탈감들이
어둠 속에서 유령처럼 활개를 친다

오늘도 지치고 상처 입은 마음들과
어깨를 짓눌린 일그러진 표정들이
건널목으로 말없이 모여들고
건널목에서 흔적 없이 흩어진다

그믐달

그대는 항상 따스한 웃음보다는
얼음보다 차가운 냉정한 눈빛으로
분간하기 어려운 알 수 없는 응시가
차라리 나를 편하게 한다

그래서 그대는 해 짧은 겨울
일찌감치 땅거미 지는 저녁처럼 냉정하고
여명으로 치닫는 어둠의 정점에서
찬바람에 씻긴 짙푸른 새벽하늘이 어울린다

단단히 토라진 듯한 나지막한 눈길과
말 못할 사연이 느껴지는 표정
번질 듯 말 듯 한 입가의 잔잔한 떨림들과
이미 메말라 버린 창백한 얼굴

겨울 거리도 냉기에 움츠린 새벽
세상은 보금자리에서 아늑한데
서쪽 하늘, 고독해서 청아한 맑은 빛에
나 또한 깨어 앉아 월광에 물든다

시간의 그늘

오래된 낡은 노트를 들추어본다
꿈속인 듯 어린 시절이 아련하다
왕자가 되어 보기도 하고
요술쟁이도 되었다가
동물들과 이야기하며
하늘을 날아다니던 시절
상상하는 것만으로 행복했던 시절이었다

인생을 조금씩 알아가던 시절
세상은 나에게 관심조차 없다는 것과
젊은 날의 치기 어린 그 많은 어설픈 푸념들
"키에르케고르" 사상에 심취했던 시절과
지금은 무덤덤해진 아내의 감성도 남아있고
아이들 커가는 모습들이 파노라마처럼 스친다
열심히 살아야 할 이유는 분명했었다

창밖엔 어느새 어둠이 내리고
책상 옆 벽에 걸린 거울 속에는
삶에 자유롭지 못했던 한 사내가
깊어진 주름살 드러낸 체 초췌하게 앉아있다
남들처럼 작은 재주 하나 얻지 못하고
자존심만 염소 수염처럼 매단 채
때늦은 삶의 의미를 묻고 있다

장맛비

한여름 장마철
새벽부터 세차게 내리는 비에
가슴이 뚫리는 청량한 느낌으로
잠시 출근길을 잊은 체
거센 빗줄기를 바라봅니다

장맛비 내리는 소리는
높고 낮은 음률을 실어
창밖에서는 중독성 강한
투박한 음악이 흐르고
누군가 부르는 듯한 착각에
하염없이 창밖을 응시합니다

그대를 생각하는
나의 마음도 장맛비를 닮아
때론 거칠게,
때론 부드럽게
하늘이 전하는 이야기처럼
감정의 흔들림을 숨길 수 없더라도

세차게 내리는 장맛비의 모습처럼

때로는 본심과 상관없는 격한 감정들과

드러내지 못하는 소심한 속앓이에

스스로에 대한 세찬 자책일 뿐

당신을 향한 나의 마음은

거짓 없는 그대로의 모습입니다

3장
발길 닿는 대로

겸손한 잎새의 가늘고 아담한 자태는
내 어머니 바느질하는 모습처럼 단아하고
우거진 하늘, 겨우 비집고 내려온
토막 난 햇볕에도 감사한 듯
필요한 만큼만 조그맣게 손을 내밀고 있다

– 죽(竹) –

죽(竹)

메마른 줄기에 올곧게 뻗은 가지는
분명 어느 선인의 절개를 닮은 듯
세월 스쳐간 마디 마디마다
다짐하고 또 다짐하듯 새긴 신념이기에
진하게 농축된 기품이 서려 있다

겸손한 잎새의 가늘고 아담한 자태는
내 어머니 바느질하는 모습처럼 단아하고
우거진 하늘, 겨우 비집고 내려온
토막 난 햇볕에도 감사한 듯
필요한 만큼만 조그맣게 손을 내밀고 있다

그 자태에 어울리는 요란하지 않은 빛깔은
햇볕 말린 바람으로 화장한 듯 담백하고
헤진 실 자락 드러나는 낡은 도포에
수수하게 묻어나는 수도승의 고행처럼
자연의 입김이 차분하게 내려앉았다

항상, 멀리 고개 들어 하늘을 꿈꾸고
꼿꼿한 가슴에 감히, 견줄 수 없는 절개를 품어
누구나 흉내 내려 해도 따라 할 수는 없다는
옛 어른들의 노래가 헛되지 않음을 알기에
지나치는 이 자리가 그냥 조심스러울 뿐이다

잊혀진 고향

아는 이 하나 없어
지나치는 옛 고향
뒷산 봉우리는 낮아지고
산자락 끄트머리 개울은 오간 데 없어
바람도 흔적을 못 찾고 배회하는 오후

담벼락 없던 동네
같이 웃고 울던 기억 아련한데
눈길 가는 곳엔 건물들로 가로막혀
옛날 장에서 돌아오는 아버지 모습에
달려 나갔던 들길은 이미 자취도 없다

마을 어귀
햇볕에 그을린 채송화와 쑥부쟁이
이정표 걸려 있던 플라타너스 나무와
그 아래 그늘 삼아 앉아 있던 할머니들
기억 속에서 가물거리고

마을 우물가
마주치면 상기되던 소녀의 모습은
긴 시간이 지나도 간절하게 남아 있는데
어린 시절 흔적은 더 이상 찾을 수 없는
이제는 나에겐 잊혀진 고향

제목 : 잊혀진 고향
시낭송 : 이봉우
스마트폰으로 QR 코드를 스캔하면
시낭송을 감상할 수 있습니다.

64

집으로 가는 길

일찍이 해 저문 과수원 옆 길 따라
조용히 숨죽이며 집에 가는 길
적막한 어둠이 괜스레 신경 쓰여
착각인 듯 인기척에 흠칠 흠칠 돌아보면
시린 바람에 쫓겨간 서쪽 하늘 반달이
외로움에 허겁지겁 쫓아오는 소리

겨울밤 얼어붙은 비포장 길을 따라
어스레한 달빛과 집으로 간다

저녁상 물리고 담소하던 별빛들이
저마다 꿈자리에 들어 고요한 하늘에
잠 못 들어 뒤척이는 창백한 별 하나
짙은 하늘에 촘촘하게 편지를 쓰고
늦은 시간 귀가하는 또 어느 지친 별 있어
나와 같은 생각, 같은 느낌으로 재촉하는 길

겨울밤 찬 바람이 쓸고 간 푸른 하늘에
별자리 헤아리며 집으로 간다

구인사(救仁寺)

적막도 참선인 듯
아홉 봉우리를 맴돌다가
산허리에 걸려있는 나른한 고요가
햇볕마저 숨죽이며 비껴간
골 가파른 비탈에
은은하게 내려앉았다

사천 문을 지나
땀 배인 목덜미를 훔치며
세속의 고뇌를 털어 버리듯
고개 들어 올려보는 시선 끝으로
숲인 듯 하늘인 듯
자리잡은 구인사

대웅전 디딤돌에 가지런한 신발에서
도량의 깊이가 묻어나고
경 읽는 소리는
가까워진 하늘 따라
초여름 그 푸른 기운들을 호흡하며
창공으로 한가롭게 메아리 친다

한 계단, 한 계단
수양의 지혜로 다듬어진 돌계단에
벌말의 편안함보다
고귀한 고뇌의 가파름이여
한 걸음, 한 걸음 하늘을 오르듯
보리수 그늘의 해탈을 꿈꾼다

* 벌말 : 벌판에 있는 마을

바람 부는 날

나무계단 끝을 돌아
서쪽 바위 밑을 지나면
매섭게 휘감기는 차가운 겨울바람
하늘빛을 닮아 시리고 청량하다.
깊은 들숨으로 가슴이 뚫리고
길게 날숨으로 몸속을 정화한다

고개 들어 보는 하늘은
언제나 내게
한결같음을 이야기하지만
오늘 보는 저 청명한 하늘조차도
어제는 흐렸음을 내가 알지만
지금의 모습처럼 푸르름만 기억하고

멀리 보이는 강물은
언제나 내게
조급함을 거두라 하지만
내가 보아 온 강물조차도
성난 급류의 포악함을 알지만
잔잔함만 기억하며 순리를 생각한다

자연은 늘 이렇게

한 순간 정체 없이 변화무쌍하지만

이치(理致)를 벗어나지 않으니

이 몸 또한 자연의 섭리(攝理)이기에

이겨내리라

온몸을 할퀴는 정월의 삭풍을

노을 有感

불타는 저녁노을은
남겨지는 것들의 깊어가는 애상
이별의 아쉬움에 목말라 하는
아직 끝나지 않은 애증의 몸부림

시들지 않은 태양의 광기가 토해내는
분노의 색채들은 엷은 하늘로 번지며
노을로 붉게 산화되고
마치 장엄한 초인의 향기처럼
거칠었던 하루의 절정을 준비하지만

물러설 수 없는 하늘과 땅의 끝에서
망설임 속에 돌아앉은 영혼들은
서쪽 하늘을 이고 울부짖는 포효처럼
저마다 하루의 얼룩진 상처들 속에
붙잡아 두지 못한 시간 속에서 흐느끼는데

서서히 엷게 식어가는 노을빛
긴 여정을 끝내고 돌아온 하늘은
맑은 화장을 지우고 운명처럼 다가오는
길고 긴 고독을 준비하고 있다

산사(山寺)에서

잘 빗질된 마당에 나른한 햇살
시간도 멎은듯한 산사의 오후
지친 마음 가라앉는 고요한 풍경에
헝클어진 생각들 산산이 부서지고

고개 들어 하늘을 보면
잡힐 듯 가까워진 푸른 창공은
내 한 몸조차도 티끌인 양 투명하다
작은 구름 조각조각에도
지나온 날들의 이야기가 묻어나고
한줄기 바람소리에서도
영혼을 위로하는 속삭임이 있다

경 읽는 소리 따라 숨 고른 풍경들은
맑은 수채화처럼 수수하게 피어나고
이 몸 또한 풍경 속에 내려앉은 오후
초록은 동색인 양 내 마음도 피어난다

울산바위

시지퍼스의 굵은 땀방울이
바람에 응고된 자리
분노의 다짐들은 느낄 수 없지만
멈추지 않는 간절한 염원들은
영겁의 시간을 지나
이제야 전설로 자리잡았다

거친 폭풍우를 견디며
무디어진 인내를 다시 새기고
견디기 힘든 눈보라와 맞서며
더욱 분명해지는 의지를 가다듬어
마침내 드러난 샘솟는 기상은
신념처럼 하늘에 닿아 있다.

하늘과 땅의 비극과 울분들은
안으로만 안으로만 거두고
감히 형언할 수 없는
장엄하고 거친 기개와
드러내지 않는 선인의 모습처럼
고결하고 애틋한 절개의 무한함이여

시간을 거슬러 태곳적부터

영겁의 세월을 깨어 있어

세상의 모든 것들을 관조하며

네가 그 자리에 있음에

나의 작은 몸에 사치처럼 붙어있는

하찮은 시름들은 모두 벗어 던지리라

6월, 나른한 순간의 소묘

나지막한 야산 중턱에
인적 없는 낡은 암자
반쯤 주저앉은 툇마루에 고인
멈춘 시간들의 흔적들

6월의 숲 속에는
짙어가는 신록 위에 내려앉은
따가운 햇살만이 피곤한 듯
작은 바람에 흔들리고.

소나무 위로 백로는
떠돌다 쉬어가는 구름처럼
날갯짓을 멈춘 채
철탑 위를 길게 선회하고 있다

저마다의 울림이 느슨해지는 오후
작은 생명들의 흥정들조차도
멈추어 버린 숲 속의 적막
달콤한 오수의 유혹이 나른하다

생명이 있는 것들의 길어진 하루가
덤으로 얻은 여유라 할지라도
두 번 지날 수 없고
다시 시작할 수는 없지만

하늘과 신록과 햇빛의 나른함
지금 보이는 것이 전부라면
살아가면서 경계할 것이 무엇이랴
늘 유월처럼 넉넉하거늘

밤하늘 산책

밤하늘의 별 무리
그리운 것들은
사금파리처럼 흩어져
차가운 얼음 빛으로 물든
도시의 겨울처럼 냉정하게
드넓은 은하에 뿌려져 있다.

쪽빛 어둠 속에서
침묵을 타고 스며드는
정월의 한기에 움츠린
먼 북방의 별자리들
먼 옛날 어린 날의 이야기들을
속삭이는 듯 맑고 고요하다

눈길 가는 대로
걸어 보는 밤하늘
치기 어린 시절은 선명해지고
간절한 것들이 그곳에 있다
세월 따라 퇴색한 꿈의 상처들이
아물어 가는 가슴에 또다시 꿈틀댄다

꿈길을 걷는다
저 헤아릴 수 없는 빛의 정령들
세상의 모든 빛은 밤으로 향하고
뽐냄도 못남도 희석되는 밤하늘은
언제나 소심한 자유로움 속에
작고 진실한 삶을 부추긴다

산사의 오후

그칠 줄 모르는 빗줄기에
산사 툇마루에 앉아 상념이 깊어가고
가지런히 빗질된 대웅전 앞마당
빗줄기 퍼지는 자리마다
무심코 놓쳐버린 소중했던 기억들을 떠올리며
살아온 날들의 무게가 더해진다

쫓아 온 바람에 허겁지겁 피하다
산마루에 걸려 넘어진 비구름이
무릎 깨진 아이마냥 주저앉아 일어서지 못하고
어느샌가 고추잠자리 손 닿을 듯
낮은 하늘 메울 때
그 풍경 고향 하늘인 듯
철부지 어릴 적 이야기 생각난다

그때는 가진 게 없어도 부족한 줄 몰랐다
그때는 할 줄 아는 게 없어도 걱정이 없었다
그때는 매일 싸워도 매일 동무였다
그때는 정말 엄마 배꼽에서 나온 줄 알았다

언제 왔냐는 듯 그쳐버린 빗줄기에
산사 지붕 낙숫물 소리 멎은 지 한참 지나도록
오랜만의 옛 생각에 아련한 기억들 놓기 아쉬워
오래도록 툇마루에서 일어설 줄 모른다

소나기

소나기 내리는 날은
한적한 호숫가를 거닐고 싶다
빗줄기 강해지는
한여름 소나기라면
넓은 바닷가에서 맞이하고 싶다

물과 물의 파열음
그들만의 언어로 속삭이며
밀고 당기는 은밀한 밀애에
우리는 그저 애상의 한 자락을 붙들고
엉킨 기억들을 풀어내려 애쓸 때

빗방울 떨어지는 자국들마다
튕기듯 터지는 지난날의 잔상들
옛 기억들은 기다렸다는 듯이
늘 이런 순간에 불현듯 다가와서
아련한 마음속에 젖어 들고 있다

소나기 내리는 날은
내 오랜 기억들에 날개를 다는 날
빗방울 떨어진 자리마다
수면 위로 피어나는 이야기 찾아
나는 호수로 가고 바다로 간다

길

앞서 간 사람도 가고
뒤에 오는 사람도 간다
어디가 시작이고
어디가 끝인지는 모르지만
모두의 길이기에

태양이 지나가고
바람이 지나갈 때
달(月)도 바뀌고
계절도 지나친다
모두의 길이기에

모두가 지나가는 거리엔
지나친 것들이 남긴
거룩한 향기가 있고
비린내 나는 허물도 있다
모두의 길이기에

나도 이 길을 간다
멀고 먼 하늘같이
까마득했던 이 길을
어느새 지나치고 있다
모두의 길이기에

잠시만 멈추어 보자
간격이 허물어 지면
수수(授受)한 위로도 만나고
다정한 손길도 만나보자
모두의 길이기에

멈추고 잠시만 느껴보자
앞서간 발자취도 느끼고
나의 발걸음도 돌아보자
또 누군가가 믿고 따라올
모두의 길이기에

들판에서

들판에 서면
바람은 푸른 창공을 지나
먹이를 겨냥하듯 내게로 쏟아진다
그 속에 실린 비수 같은 감촉
쪽빛의 냉정함으로 담금질한 듯
정월이라 더욱 날카롭고 청량하다

긴 겨울 홀로 남겨진 들판
잘려진 볏짚 밑동만이
누구의 자리였음을 보여줄 뿐
오래 비워둔 창고에
탄력 없는 거미줄처럼
인적은 오래전에 끊겼지만

여기 이 자리
얼마나 많은 햇빛이 머물고
얼마나 많은 비를 뿌리고
그렇게 지나가는 사계 속에서
얼마나 많은 사람들이 울고 웃으며
영겁의 세월 속에 묻혔으랴

서쪽 하늘의 미지근한 햇빛에

움츠린 휴일의 오후

퇴색된 지푸라기 위에 발걸음과

진흙처럼 묻어나는 생의 갈망들

지금 찌들고 주름진 얼굴조차도

외면하고 등 돌리는 대지는 없다

연(蓮)꽃

작열하는 8월의 태양에
갈증 난 바람들이
목 축이며 쉬어가는 작은 연못

욕망을 벗어버린 그 마음 진실인 듯
갯벌 같은 탁한 연못에
삼라만상에 마음을 열어 놓고

태양의 행렬들에 몸을 정화하고
달빛의 행렬들에 마음을 가다듬어
마침내 탄생한 수련화의 기품이여

풍파는 변질되어 고행은 간데없고
돌아서면 변심하는 세상인심이기에
의연한 너에게 정도를 묻는다

하늘은

하늘은
혼자 있을 때 비로소 바라보는
내 고향집 앞바다의 푸른 빛
신선한 샘물의 넘치는 위로 같은
내 마음의 안식처

나의 생각에 끝자락은
언제나 내가 꿈꾸는 그곳에 머물러
나의 상념은 돛대에 걸린 깃발처럼
푸른 하늘에 나부끼며
옛 동화들에 날개를 달고

나는 그 넓은 화선지에
마음을 위로하는 편지를 쓰고
가슴이 따뜻해지는 그림을 그리며
그리운 얼굴들을 하나하나 되새기며
내일의 꿈을 꾼다

하늘은
담백한 푸른 빛의 끝없는 벌판
세상에 상처와 아픔을 씻어내고
모든 푸념들과 증오의 흔적들을 걸러내는
내 어머니의 가없는 마음처럼 푸르다

호반의 유령들

마음 둘 곳 없어
온 밤을 하얗게 지새고
돌아오는 이른 새벽길
춘천호의 물안개 자욱하다

구불구불 백길 천 길을 지나
내려보는 시선 끝으로
새벽의 푸르름을 담금질하듯
유령들이 너울대며 춤추고 있다

강바람 잠든 여명의 시간
호수를 애무하듯 스치는 입김에
버리고 싶은 초라한 변명들은
포말로 부서져 흔적은 사라지고

밤새 씨름했던 희미한 다짐들도
물안개에 갇혀 갈 곳 잃은 호숫가
돌아갈까 그냥 갈까 깊은 시름에
어느덧 유령 되어 호반을 떠도네

예봉산에서

보면 볼수록
위대한 자연의 숨결로
높고 낮게 자리잡은 봉우리들
누구의 정성으로 빚었기에
저토록 조화로운 것이며

영겁의 세월을
휘돌아 흐르는 저 강물
거룩한 성자의 발자취처럼
흐트러짐 없이 유유자적하며
잠시라도 순리를 벗어나지 않는다

저 하늘 또한 공평한 윤회 속에
쪽빛이 되고 때론 먹빛이 되어
햇빛과 물로
세상을 담금질하며
생존의 이치를 벗어나지 않으니

그렇게 시간이 가고 세월이 흐른다
영원한 생명으로 존재하는
저 위대한 자연의 섭리 속에
찰나를 스치는 인생은 무슨 의미인지
물어볼 일이다

고추잠자리

발걸음 더딘 8월 한나절
언제인지 싶게 그쳐버린 소나기 뒤에
낮은 하늘 고추잠자리들 가득하다

너를 바라보며 반기는 것은
너의 날갯짓이 고와서가 아니라
비 개인 오후 햇살의 반가움이며

고개 든 시선이 너와 마주치는 것은
너를 보기 위함이 아니라
고향 하늘이 마음에 걸리기 때문이다

고향 땅 사촌형님 포도밭 농사에
일조량 적다고 한시름 하시던데
늦장마 길어져 그 마음 알면서도

너에게 시선을 거두지 못함은
이 여름 몰고 갈까 행여 두려워
다가올 걱정거리에 미리 마음 사린다

4장
바람결에

아, 소슬한 가을바람
새벽을 지나 석양의 끝에서
가을을 재촉하듯 바람소리 거칠고
마음을 재촉하듯 애상(哀想)에 물들다

– 가을바람 –

가을의 길목에서

그대 손길 감미로운
신선한 촉감은 아니어도 좋다
가을이 온다기에
지루했던 여름의 감각들이
가시기만 바랬을 뿐

온몸을 위로하는
산들바람은 아니어도 좋다
가을이 온다기에
얼룩진 마음의 여린 피곤함을
진지한 마음으로 다독이고 싶었을 뿐

맑은 새벽에 곱게 치장한
청명한 하늘빛은 아니어도 좋다
가을이 온다기에
은은하게 물결치는 호반의 경치를
아무런 생각 없이 바라보고 싶었을 뿐

가을이 온다기에
떨어져 맴도는 낙엽과
날 선 바람에 시린 상처처럼
공허한 마음 견딜 수 없어
그대 내 가까이에 있어 주길 원했을 뿐

제목 : 가을의 길목에서
시낭송 : 박영애
스마트폰으로 QR 코드를 스캔하면
시낭송을 감상할 수 있습니다.

90

가을 거리(路)

그늘진 빌딩 숲 사이 길
꼭대기에 남아있는 서늘한 햇빛과
날 선 바람의 입김이
사람들의 걸음을 재촉하고

지평선 끝자락엔
사위어가는 화톳불같이
먼 산등성에 걸린 구름 뒤로
미지근한 노을이 걸려 있다.

신선했던 꽃향기는
쉼 없이 몇 날을 돌고 돌다가
건조하게 부서져
바람 따라 어디론가 자취를 감추고

저무는 가을
공허함은 적응할 시간도 없이
도시의 거리로 쏟아지고
또 하나의 어둠처럼 스며든다

가을(秋)

가을은
어디를 펼쳐도 아련한 시집처럼
한 뼘의 하늘에서도
옛이야기들이 가득하다

작은 구름 한 조각에도
잊혀져 가는 얼굴들이 간절하고
한 줄기 바람소리에도
아스라한 시절의 흔적들이 스친다

그리고 오늘같이 황량한 바람에
잎새라도 떨어지는 날이면
나는 손을 놓고 옛날로 돌아가
또 다시 실체 없는 하루를 보낸다

그렇게 수많은 가을을 겪으며
그리운 것을 그리워하고
아파할 것을 아파하면서
소슬한 계절을 지나고 있다

가을은
저문 낙엽에 우수를 실어
지나간 이야기들은
항상 슬픔처럼 가슴 저리게 한다

어느 가을날

길가에 가로수 바람에 울고
떨어진 잎새 이리저리 맴돌다
실 끊어진 연처럼 하늘로 날아갈 때
한 줌의 비명소리 천식처럼 메마른 날

마주 보면 빨려들 것 같은 하늘빛은
깊은 눈망울에 담긴 슬픔처럼 시리고
익숙한 거리에서 느끼는 허전함은
창백하게 널려있는 간판처럼 낯설다

누군가 가르쳐 주지 않아도
서투른 고독은 제집인 양 가슴에 자리 잡고
일상처럼 흘려도 좋을 작은 외로움들이
북소리처럼 깊게 파고드는 어느 가을날

계절에 실려 온 서글픈 단상들은
새로 산 구두처럼 걸음마다 상처가 되고
벗어나고 싶은 도시의 풍경들은
가을의 올가미 속에서 웅크리고 앉아있다

바람결에

늦가을, 절규처럼 퍼지는
마른 풀 내음의 야윈 향기에
쓸쓸함이 묻어나는 정원의 빛깔은
예민한 카멜레온의 변신처럼
다가오는 계절에 맞추어지고
작은 시름 하나 둘 흔들리고 있다
바람결에

가을이 떠나는 자리
끝내 생성되지 않은 면역 탓에
심하게 앓아온 홍역처럼
하염없이 밀려오는 허전함은
우주보다 깊은 마음에 머물러
쓸쓸하게 일렁이고 있다.
바람결에

지금, 이 거리에 정열이란
한낱 믿기지 않는 전설일 뿐
도시에 번지는 우수의 빛깔들은
격리된 신음처럼 골목길을 돌아
유리창에 비친 한 줌의 햇살을 향해
힘겨운 날개를 퍼덕이고 있다
바람결에

흔적 지우듯 낙엽을 쏟아내며
가을은 그렇게 떠나가고
생기 잃은 석양 따라
이미 타버린 가슴 안고
그대도 떠나간다
남겨진 비애가 허공에서 나부낀다
바람결에

길모퉁이의 바람

날리는 낙엽
겨울빛 한 자락 싣고
바람 타고 떠돌다
두터운 외투 깃에 스치며
신음소리 떨굴 때
그 아픔 밟으며
나, 이 길을 가네

낙엽 위에 쌓이는
옛이야기 하나 둘
성숙해진 그대 향기
지는 낙엽에 물들어
바람에 흩어질 때면
그 흔적 찾아 이리저리
나, 이 길을 가네

어제의 모습들은
추상화처럼 낯설고
남겨진 것은 이 거리와 나
그리고 방황하는 기억들
돌아선 계절의 끝자락에서
남은 미련 벗어내고자
나, 이 길을 가네,

계절은 가고
사람도 가네
소중했던 순간들은
멍에처럼 바람결에 떠돌고
길모퉁이를 돌아서서
쏟아지는 바람 맞으며
나, 이 길을 가네

늦가을 오후의 단상(斷想)

하늘이 내려와 머물던 지평선 끝자락엔
식어가는 화로에 지워지는 화톳불같이
먼 산등성에 걸린 구름 뒤로
단풍빛 반사된 미지근한 석양이 걸리고

땅거미 숨 가쁜 숲 속 나무 그늘엔
점점 진하게 자리 잡는 어둠이 다가오고
쫓겨난 바람에 부대끼는 나뭇잎이
두려운 신음으로 소리 내어 떨고 있다

가을은 잊었던 기억을 다시 흔들어 놓지만,
또 하나의 아픔으로 기억하는 그대는
따스한 눈빛 하나 남겨둔 체
이제는 흐릿한 모습마저도 지워지고

어설픈 치기(稚氣)에 무거운 마음만큼
그리움 간절한 자리엔 낙엽만 쌓이는데
행여 하는 마음에 떠날 수 없어
이 가을 끝자락에 머물고 있네

그리고 가을이 떠나는 자리
겨울 입김에 차갑게 멀어질 기억과
서서히 잿빛으로 묻혀질 소중한 조각들
가을은 늘 독감처럼 마음을 여위게 한다

가을바람

떠올리려 애쓰던
빛바랜 이야기들은
그 끝도 없는 창공 속으로
창백하게 하나둘 멀어져 가고

잊으려 애쓰던
숨기고 싶은 이야기들은
잠든 기억 깨우는 여명의 발자국처럼
잔인하게 가슴속을 진하게 적신다.

멀어진 하늘
틈새에 스미는 공허함은
또 하나의 쉽지 않은 가을을 지나며
조금씩 조금씩 눈사람처럼 커질 때

아, 소슬한 가을바람
새벽을 지나 석양의 끝에서
가을을 재촉하듯 바람소리 거칠고
마음을 재촉하듯 애상(哀想)에 물들다

억새의 노래

나의 가을이 지나는 자리
가을꽃은 곱지 않아도 좋다
그 고왔던 생명의 신비는
지난봄의 선물일 뿐,
이 가을, 쓸리고 구르는
낙엽의 모습에 더욱 눈길이 가기에

나의 가을이 지나는 자리
가을꽃은 향기가 없어도 좋다
그 향긋한 푸르름은
지난여름의 환상일 뿐,
이 가을, 가슴을 적시는
바람의 숨결을 더욱 느끼고 싶기에

모든 신비와 푸르름이
열병처럼 지나간 자리
버젓이 자리잡은 잿빛 노을 속에서
텅 빈 가슴처럼 메마른 가지들
함께하자, 가까이에 손 내밀어 보지만
끝내 닿을 수 없는 그늘 빛 아픔들과

햇빛 한 줌 지키고자 서 있는 비탈

마른 가지 사이로 쓸리는 바람에

아직 끝나지 않은 기도에 합장한 체

고개 숙여 흐느끼는 억새들의 노래

오늘은 내가 죽어 새봄이 오고

내일은 내가 살아 또 가을이 오고

회상(回想)

철없던 날들은 가고
발걸음 더디게 흘러가는 지루한 시절에
무겁게 짓누르는 거인의 손아귀에서
힘겹게 부대끼는 하루하루를
감각을 잃은 영혼처럼 떠돌 때에도
너는 언제나 그리운 환상처럼
나의 곁에 머물러 있다

그리고 지금,
청아한 달빛에 젖은 고요가
아픔 같은 노여움을 잠시 덮어버린 순간에는
세상을 향한 낯선 시선을 거두고
차분하게 내려앉은 하늘을 백지 삼아
그렸다가 지우고 또 그렸다가 지우며
그때의 모습들을 간절하게 떠올린다

가물가물한 옛 동무들의 이름과

동네 귀퉁이 대장간 쇠망치 소리들

아지랑이 피어오르는 기찻길 위의 외줄 타기 놀이

학교 끝나면 집보다 먼저 달려갔던 샛강의 미역감기와

겨울이면 그곳에서 외발 썰매 높이 자랑하며 지치던 시절

보리쌀 한 되 심부름하다 넘어져

해 진 겨울, 어둑해진 골목길을 헤매다

아버지를 만나 터트린 울음

유난히 친절했던 주인집 셋째 누나의 예쁜 얼굴

살아 있어서 소중한 기억들

이 잠들기 전의 영원을 바라는 간절함과

그 속에서 울고 웃으며 나를 외면하지 않는 이야기들

그리고 지금의 이 어린 시절을 회상하는 순간조차도

또 먼 훗날 소중한 기억으로 남을 수 있도록

나는 또 다시 어린 날들의 철부지가 되고

하늘이 되고 바다가 되는 꿈을 꾼다

가을꽃

가을꽃은
생동하는 젊음의 꽃은 아니지만
오랜 친구 같은 모습이 정겹다.

가을꽃은
아름답고 싱싱한 꽃은 아니지만
세월을 극복한 고고함이 제격이다.

가을꽃은
화려하고 정열적인 꽃은 아니지만
지혜의 향기가 우러나는 품위가 있다.

가을꽃은
다가올 척박한 겨울을 탓하지 않기에
자연에 순응하는 기품이 서려 있다.

가을꽃은
한차례의 정열이 열병처럼 지나간 자리
상처처럼 남겨진 선인의 모습이다

가을꽃은
그 푸르름 뒤에 자리잡은 잿빛 노을처럼
슬픈 모습으로 빛나는 석양의 꽃이다

거미줄

큰 나무와 작은 풀잎 사이
겨우 비껴 지나갈 작은 공간 사이로
철책보다 더 촘촘한 그물망이
아침 햇살에 이슬 맺힌 몸을 드러내어
우주의 문양인 듯 시선을 끈다

지난 밤,
저 연약하고 가냘픈 한 올 한 올이
오랜 시간 서둘지 않고
모든 창마다 옛이야기들과 동화들을
크고 작은 모습으로 소중하게 담아냈다

꿈꾸듯 기억하는 나의 이야기는
동화처럼 아름답지는 않지만
걱정이 없었던 푸른 날들과
긴 하루 해처럼 지치지 않던 날들
나만의 것이기에 더욱 소중한 날들

초가을 아침
따스한 햇빛에 이슬은 녹아내리고
바람의 신선함이 거미줄에 얽혀
담백한 가을 하늘이 들어 오고
해맑은 기억들이 거미줄 따라 뱅뱅 돈다

거리에서

흘러간다
도시의 유리건물에서 반사되는 한 줌의 양광으로
추위에 지쳐 허기진 얼굴에
햇살의 포만감을 느끼고 싶은 겨울의 하오
석양을 닮은 사람들이 썰물을 따라 흘러간다

내가 기억하는 사람들과
나를 기억하는 사람들 사이에
무수히 낯선 눈빛들은
창백한 모습으로 끊임없이 유령처럼 스쳐가고
쫓기듯 쫓듯 흘러가는 그 길은
언제나 낯설게 느껴지는 이방인들의 거리

흔들린다
저마다의 울림이 느슨해지는 오후
메마른 향기처럼 지나가는 건조한 바람을 따라
채워지지 않는 차가운 태양의 그림자가 드리우고
식어가는 거리에 남겨진 아픔들만 가슴에서 흔들린다

보란 듯이 치장한 화장기 진한 얼굴들과
관심 없이 지나치는 여유 없는 사람들 속에
더 이상 감출 필요 없는 깊이 패인 주름살과
놓쳐버린 풍선처럼 날아가 버린 젊은 시절의 회상들만
지나치는 사람들의 흔들리는 어깨에서 춤추고 있다

남겨진다
탑골 공원 하늘엔 잊혀진 기억들이 가득하고
어설픈 낙서처럼 이해하기 어려운 한결 같은 표정들과
누구도 기억하지 않는 그들만의 영웅담 후렴에는
거리에서 내몰린 정제되지 않는 한숨들만 남겨진다

수없이 지나치고 지나쳐 왔지만
무엇 하나 남겨진 것 없는 초라한 거리에
만나는 것은 식어가는 햇빛 한 줌과 차가운 바람뿐
이제는 더 이상 지친 영혼을 반기지 않는 싸늘한 도시에서
그래도 미련이 남아 석양을 등지고 걸어가고 있다

5장
함께 가는 길

노인 요양원에서의 하루는
웃으려고 노력했던 일상만큼이나
돌아오는 길은 늘 안타까움이다
아픔처럼 떠오르는 무표정한 얼굴들
여과 없는 우리들의 모습인 것을 ……

얼굴

새벽안개처럼 그늘이 하얗게 서린
창백한 얼굴은 아름답다
야윈 아내 입덧 심할 때도 그랬고
어린 누이 병실에서도 그랬다

표정에 묻어나는 아픔들은
입술을 지그시 깨물어 참아내고
들킬세라 돌리는 얼굴에는
핏기 없는 그림자가 슬픔처럼 드리운다

깊은 눈에 우수가 어리고
신선하지 않은 생선처럼
초점 잃은 눈동자가 창밖을 응시할 땐
누구라도 연민처럼 순결한 연인이 된다

길었던 삶의 굴곡들은
그 무게만큼이나 버겁게 느껴지고
하루가 다르게 메말라 가는
내 어머니 얼굴은 아직도 아름답다

제목 : 얼굴
시낭송 : 김금자
스마트폰으로 QR 코드를 스캔하면
시낭송을 감상할 수 있습니다.

함께 가는 길(부제: 사회복지사의 노래)

우리가 가는 길이
꽃길은 아니지만
간절한 기다림에
누군가는 가야 할 길

우리가 하는 일이
큰 걸음은 아니지만
더불어 사는 세상
누군가는 해야 할 일

우리는 지금, 사람의 이름으로
세상의 눈들이
멀리하고 싶은 것들과 함께하고
세상의 마음들이
거북해 하는 것들을 외면하지 않으며
세상에 존재함으로써 함께하는
모든 부자연스러움들과 같이 호흡하며
나란히 걷고 있다

우리가 꿈꾸는 세상은
요란하지는 않아도
작은 불편들에 손 내밀어 위로가 되고
모든 아픔들을 반으로 또 반으로 줄이며
그늘진 자리에 햇볕을 나눌 수만 있다면
우리는 오늘도
우리의 마음들이 인도하는 빛나는 길로
힘차게 걸어가고, 뛰어가고,
또 날아가고 있다

우리가 가는 길이
꽃길은 아니지만
거룩한 마음들이
엮어가는 빛나는 길

우리가 하는 일이
큰 걸음은 아니지만
사랑으로 빛나는
환한 세상 밝히는 일

살며 위로하며

살아가면서 항상 청명한 하늘만 있는 것은 아니기에
나는 오늘
푸른 창공에 두레박을 내려
저 시리도록 청명한 쪽빛을 한 바가지 길어
뒤 켠 장독대에 담아 두고
마음 우울한 날이면
잘 숙성된 농주처럼 음미하고 싶다

살아가면서 항상 사랑만 이야기할 수는 없기에
나는 오늘
아직도 기억하는 가슴 따뜻한 이야기들을
햇빛 좋은 마당 멍석 위에 널어 놓고
감각이 무뎌진 날의 밑반찬으로 준비하고 있다

살아가면서 항상 행복하기만 바랄 수는 없기에
나는 오늘
힘겨운 비탈길을 오르며 두 굽이 지나면 맛볼 수 있는
경쾌하고 시원한 계곡의 물소리를 상상하며
지친 몸을 달래어 소박한 희망을 탐하고 있다

살아가면서 항상 진실만 마주할 수는 없기에
나는 오늘
서쪽 하늘 가장자리로 내려가는 태양을 뒤로하고
긴 어둠의 거리에 홀로 남아
꿈틀대며 부대끼는 빗나간 유혹들을
미처 다 털어내지 못한 체, 아침을 기다리고 있다

원하지 않는다고 세상을 홀로 살아갈 수는 없기에
나는 오늘
살아가면서 느끼는 거북하고 멀리하고 싶은 것,
존재함으로써 함께하는 모든 부자연스러운 것들과
산소처럼 같이 호흡하며 나란히 걷고 싶다

요양원 가는 길

이른 아침
동편 하늘을 구석구석
희망의 빛으로 물들이고
멀리 산마루에 내려앉은 햇살
모두에게 더하고 덜함 없이
한결같음으로 생명들을 다독인다

오늘 또 하루
작은 불편들과 마주하면서
익숙해진 편견들을 정화하고
누군가의 팔과 다리가 되어
살아 있음을 느끼며
위로하므로 위로받는 시간이기를……

세상엔 눈에 가시 같은 모습들과
손톱 밑에 가시에 엄살이 넘쳐나지만
따스함이 묻어나는 아침 햇살처럼
순결함이 묻어나는 맑은 영혼처럼
삶을 아름답게 하는 거룩한 향기는
세상 어디에도 있다

여름 지다

한낮의 햇빛은 따가운데
그늘진 빌딩숲에 바람은 스산하다
어제는 아이들 뛰어놀던 시간인데
오늘은 벌써 땅거미가 지고 있다

계절이 변하는 길목에서
내가 겨우 길들인 여름의 실체들은
이미 퇴색되어 허물 벗듯 하나둘 벗어 버리고
내가 긴 시간 적응한 파렴치한 날씨조차도
더 이상 머물 곳이 아닌 것처럼 짐을 싸듯
바람을 바꾸어 탔다

우리는 어느 것도 대비하지 못한 체
머지않아 어디선가는
준비하지 못하는 한숨 소리가 들릴 것이고
또 다른 어디선가는
아예 넋 놓아 버린 마른 눈물이 있을 것이다

그나마 손에 쥔 것 없어도 만만했던 계절,
삼삼오오 나무 그늘에 앉아 말벗이 되고
작은 자두 건네는 할머니의 인심이 아름다웠던
그렇게 주름살 짙게 패인 힘겨운 달동네에
여름 지다

계단에서

잃어버렸습니다.
지난날의 기억들도
같이 했던 얼굴들도
갈 길 바쁜 시간들도
모두 다 잃어버렸습니다

한걸음 오르고 뒤돌아보고
또 한걸음 오르고 내려다보고
또 다시 오르려 응시하는 먼 시선은
하늘보다 높은 계단 꼭대기

산마루로 쫓겨간 늦가을 햇살 따라
어느덧 청춘은 오간 데 없고
주름 패인 얼굴에 핏기 없는 갈망은
지난여름 함께 했던 소꿉할미 그리워
오도 가도 못하고 맴도는
그 자리
그 자리

붙잡으려 애쓰던 기억의 파편들은
희미하게 희미하게 흔적을 잃어가고
함께한 추억들은 혼자만의 멍에인 양
마고자 여미며 글썽이는 눈빛이여

잃어버렸습니다
꿈꾸었던 많은 날도
간직했던 추억들도
함께 했던 기쁨들도
모두 다 잃어버렸습니다

하루의 의미1

가로등 밝혀진 거리를 돌아
어둡고 좁은 골목길에 들어서면
그림자마저 돌아서서
더 이상 나의 모습을 외면하며
제 갈 길로 가버리고

지친 몸 힘겨워 불을 끄고 누우면
하루를 보내며 잊었던 상처들은
또 다시 선명하게
하나 둘 쓰라린 기억처럼
아픈 숨을 몰아쉬게 한다

시간은 관심 없는 이야기처럼
더디게 혹은 서둘러 흘러가고
겨우 윤곽만 희미한 깊어진 방안엔
어둠의 숨소리조차도
소음처럼 잠들지 못하는 깊은 밤

생각 없는 하루가 그렇게 와서
아무렇지 않게 그렇게 간다.
어제의 이야기는 모두 사라지고
오늘의 이야기도 지워질 것이다
숨죽인 발자국들은 갈 곳 몰라 서성인다

하루의 의미2

도시 변두리에 어둠이 내리면
낡은 간판들의 힘없는 불빛처럼
불편했던 하루가 모습을 감추고
웃음소리 지워진 거리에서
경직된 표정들이 골목으로 흩어진다.

건널목 모퉁이 약국엔
선명한 형광등 불빛에 비치는
약사의 투명한 무료함이
그림자처럼 얼굴 위에 번지고
피곤한 하루처럼 초췌하다

하루를 보내는 마음은
겨우 끝낸 60점짜리 숙제처럼
만족스럽지 않은 모습으로
다하지 못한 부끄러움에
어둠 속으로 서둘러 얼굴을 감추고

또 하루의 페이지를 넘긴다
지나간 것은 늘 아쉬움만 남고
기대했던 오늘의 간절한 바램들은
공평하지 못하다는 세상을 핑계 삼아
다시 내일의 구실로 남겨진다

달팽이의 꿈

바다가 육지가 되고
용암이 솟아
벽해가 되던 시절

한때는 푸른 날개로
창공을 주름 잡는
독수리가 되고 싶었다.

하루에 만 리를 날아
온 세상에 모든 것을
느끼며 살고 싶었다

세상은 돌고 돌아
푸른 날개는 전설로 남아
힘겨운 고뇌가 되고

짓눌린 무게는
긴 시간에 걸쳐
함께 갈 고행이지만

힘겨운 한낮이 지나고
몸서리치는 밤이 오면
나폴레옹의 위대한 요새처럼

그 아득한 잠자리에서
다시 하늘을 날고
바다를 뛰어넘는다

악몽

불을 끄고 누우면
오늘을 다한 안도와
내일에 대한 기대에
보이지 않는 어둠 속에서
들킬 염려 없는 상상으로
나폴레옹 같은 나를 만들어 보지만

불면의 시간이 길어지고
어설픈 잠결에 나타나는 꿈은
언제나 낯설고
스릴러 영화의 한 장면처럼
두려움 속에 미로에서 방황할 뿐
상상을 허용하지 않는 세계다

나는
항상 무언가에 쫓기며
소리쳐 보지만 듣는 이 없고
달려 가 보지만 제자리를 맴돌고
주변은 온통 야수의 본능이 있을 뿐
뚜렷한 형상은 어디에도 없다

혼미한 마음에 다시 선잠에 들면
기다렸다는 듯 다가오는
낯선 얼굴들의 창백한 표정들과
어둠 속에 홀로 남은 일그러진 나
등 돌리며 멀어지는 사람들 속에
내게 오라 펄럭이는 유령의 손짓들

온통 잿빛으로 물든 거리에
시간은 제멋대로 시공을 넘나들고
쫓아오는 불빛들을 피해
숨어 지켜보는 다락방 창틈으로
달려들 듯 떨어지는 유성과 마주칠 때
나의 외침은 신음이 된다

온몸이 무겁고 눈을 뜰 수가 없다
영혼은 무중력 속에서 감각을 잃고
선물 같은 인생을 살고 싶었던 꿈은
꿈속에서조차도 어려운 것인지
겨우 헤아릴 정도의 기억나는 꿈조차도
늘 악몽이다

깨어있는 날들

아침에 눈을 뜨면
눈부신 아침이 아니더라도
일어날 세상이 있다는 것은
할 일이 남아 있음이라 자위하며
또 하루의 여로(旅路)를 준비한다

거리에 나서면
세상에 모든 삶의 애착들이
온통 거리에 가득 차고
이미 결정된 방향을 따라
빠른 걸음들이 제 갈 길로 흩어진다

그늘진 골목을 돌아 들어서는 요양원
어르신들의 반기는 표정들과는 반대로
분위기는 싸늘하다

허리가 아파 누워만 있던 Y 할머니는
침대에서 휠체어로 옮기다 바닥으로 떨어져
상태가 악화되어 병원으로 모셔야 하고

이틀 전 갑작스러운 복통으로
응급차에 실려간 J 할머니는
오늘 새벽에 돌아가셨다는 연락이 왔다

치통으로 입 주위가 퉁퉁 부은 H 할머니는
아무것도 먹지 못해 눈에 띄게 핼쑥해졌다
잘못된 틀니를 손보러 치과에 가야 한다

그리고 오늘도
치아가 하나도 없는 L 할아버지는
긴 식사시간을 감안하여 먼저 식사를 챙겨야 하고

가족이 없어 밑반찬이나 간식이 없는
자존심 강한 M 할머니에게는
따로 준비한 김 몇 장을 눈치 못 채게 올려야 한다

부모이기에 짊어진 모든 것들을 거부하지 않는
그 깊은 마음들을 우러르며 하루를 보낸다

돌아오는 시간
고운 모습만큼이나 여린 K 할머니
'더 있다가 가'
'좀 더 있다가 가'
그 눈빛을 바라볼 수가 없어
붙잡는 손을 풀며 못 들은 척 외면한다
아, 또 다른 마음의 상처가
잔인하게 서로에게 남겨진다

깨어있는 날들의 무거운 한숨들이 가슴에 쌓인다

오늘

오늘을 산다는 것은
내일을 위함이 아니라
어제 바라던 꿈을 확인하기 위함이며

젊은 날을 지치도록 살아온 것은
노년의 풍요를 위함이 아니라
가능성을 확인하기 위함이었다.

지금 간절한 것조차도
멋 모르게 지나친 어제의 시간일 뿐
내일에 대한 기대는 없을지라도

오늘 또 하루

어제의 바램 대로만 살자
어제의 다짐 대로만 살자
어제의 신념 대로만 살자

기다림1

따가운 햇살에
마음은 까맣게 잿빛이 되고

엷게 번지는 나른함이
모든 곳에 내려앉은 여름날

먼 아지랑이 뒤로
철길은 구불구불 하늘로 사라지고

버드나무 늘어진
역사(驛舍), 끝 마당에 초췌한 아재

오가는 행렬에 눈 떼지 못하는
간절한 그 모습이 눈물처럼 애닯다

깨어있는 날들

신창홍 시집

2019년 9월 23일 초판 1쇄
2019년 9월 26일 발행
지 은 이 : 신창홍
펴 낸 이 : 김락호
디자인 편집 : 이은희
기 획 : 시사랑음악사랑
연 락 처 : 1899-1341
홈페이지 주소 : www.poemmusic.net
E-Mail : poemarts@hanmail.net

정가 : 10,000원
ISBN : 979-11-6284-137-2